Vésinet 17 Juillet 93.

VENTE PAR SUITE DE DÉPART

VILLA DU GUÉ, AU VÉSINET

7, avenue de la Prise-d'Eau et 1, boulevard de l'Ouest

Les Lundi 17, Mardi 18, Mercredi 19, Jeudi 20 Juillet 1893

A DEUX HEURES UN QUART

ÉLÉGANT MOBILIER

Styles Renaissance, Louis XIII, Louis XV et Louis XVI

OBJETS D'ART

ARGENTERIE, DENTELLES ANCIENNES

TABLEAUX, DESSINS

TENTURES — TAPIS — ÉTOFFES

Me A. DEROY	**M. A. BLOCHE**
Commissaire-Priseur	*Expert près la Cour d'Appel*
7, rue de Lorraine	25, rue de Châteaudun
A SAINT-GERMAIN-EN-LAYE	A PARIS

EXPOSITIONS

PARTICULIÈRE	PUBLIQUE
Le Samedi 15 Juillet 1893	Le Dimanche 16 Juillet 1893
DE 2 HEURES A 6 HEURES	DE 1 HEURE A 5 HEURES

NOTA : Le Catalogue servira d'entrée à l'Exposition particulière.

IMPRIMERIE MAULDE ET RENOU

A. MAULDE & Cie

IMPRIMEURS DE LA COMPAGNIE DES COMMISSAIRES-PRISEURS

Rue de Rivoli, 144

CATALOGUE

D'UN

ÉLÉGANT MOBILIER

**Styles Renaissance, Louis XIII, Louis XV
et Louis XVI**

Salons en brocart et en tapisserie d'Aubusson
Jolie Vitrine en vernis Martin, de Lipmann
Meubles à étagères et Cabinets en bois des Iles incrusté
de burgau, belle Salle à manger
Chambres à coucher en noyer sculpté, Tentures
Tapis, Étoffes

OBJETS D'ART, ARGENTERIE, DENTELLES

Bronzes, Porcelaines, Faïences, Armes, Sculptures

TABLEAUX, DESSINS, AQUARELLES, GRAVURES

LE TOUT GARNISSANT

LA VILLA DU GUÉ, AU VÉSINET

(SEINE-ET-OISE)

7, avenue de la Prise-d'Eau et 1, boulevard de l'Ouest

Où la vente aura lieu

PAR SUITE DE DÉPART

Les Lundi 17, Mardi 18, Mercredi 19 et Jeudi 20 Juillet 1893

A DEUX HEURES UN QUART

Par le ministère de Me **A. DEROY**, Commissaire-Priseur
7, rue de Lorraine, à Saint-Germain-en-Laye
Assisté de **M. A. BLOCHE**, Expert près la Cour d'Appel
25, rue de Châteaudun, à Paris
Chez lesquels on trouve le présent Catalogue

EXPOSITIONS

PARTICULIÈRE	PUBLIQUE
Le Samedi 15 Juillet 1893	Le Dimanche 16 Juillet 1893
DE 2 HEURES A 6 HEURES	DE 1 HEURE A 5 HEURES

CONDITIONS DE LA VENTE

Elle sera faite expressément au comptant.

Il sera perçu DIX POUR CENT en sus du prix d'adjudication applicables aux frais.

Aucune réclamation ne sera admise une fois l'adjudication prononcée, les expositions mettant le public à même de se rendre compte de l'état et de la nature des objets.

ORDRE DES VACATIONS

Lundi 17 Juillet

PORCELAINES, FAÏENCES, BRONZES, ARMES, MEUBLES DE FANTAISIE
OBJETS DE VITRINE

Mardi 18 Juillet

ARGENTERIE, ARGENTURE, OBJETS D'ART, TABLEAUX, GRAVURES
DESSINS, MEUBLES DU REZ-DE-CHAUSSÉE

Mercredi 19 Juillet

DENTELLES, ÉTOFFES, TENTURES, MOBILIER DU PREMIER ÉTAGE

Jeudi 20 Juillet

SUITE DU MOBILIER, DES ÉTOFFES, DENTELLES
ET OBJETS DIVERS

A. MAULDE et Cie, imprimeurs de la Cie des Commissaires-Priseurs,
rue de Rivoli, 144 600--34952

DÉSIGNATION

—

VESTIBULE

1 — Porte-Chapeaux et Porte-Cannes en noyer à fronton avec glace biseautée.

2 — Petite Banquette, bois sculpté. Travail italien, style Renaissance.

3 — Jardinière en cuivre poli.

4 — Trois Têtes d'animaux naturalisés.

5 — Suspension en cuivre ajouré. Travail persan.

6 — Plat en émail cloisonné du Japon.

7 — Quatre Assiettes, faïence de Strasbourg, à fleurs.

8 — Panneau en toile avec douze Médaillons représentant des personnages bretons en broderie.

9 — Deux autres Médaillons analogues.

10 — Guéridon en laque du Japon, pied bambou.

10 *bis* — Jardinière en barbotine, fond bleu, décor à fleurs.

VÉRANDA

11 — Chaise longue en osier, deux Fauteuils pliants, deux Pliants couverts en toile.

12-14 — Quatorze Assiettes et Plats en porcelaine et faïence de Marseille, Delft, Rouen, Chine (Sera divisé).

15 — Saladier et Jardinière en faïence de Nevers, décor à fleurs.

16 — Table en osier, couverte en toile.

GRAND SALON

17 — Très beau Meuble à étagères, formant bureau en bois de fer, style chinois, incrusté de nacre

et écaille. Le haut à deux portes pleines et une réserve en retrait est surmontée de deux pagodes. Au fronton, un personnage chinois tuant un dragon. Il est supporté à hauteur d'appui par deux personnages en bois sculpté naturel. Le bas, également incrusté et à jour, avec corps d'armoire se détachant au milieu, est supporté par deux chimères ailées. Travail français.

18 — Très belle Vitrine en vernis Martin, bois sculpté et doré, s'ouvrant à trois portes forme cintréee sur les côtés, celle du milieu représentant en peinture une Scène allégorique à personnages chinois d'après Leprince. Au-dessus, au fronton, un cartel offrant une marine. Les deux portes de côtés sont garnis de glaces et de peintures en camaïeu à trophées de musique. Intérieur gaîné de peluche bleue. Style Louis XV. Travail de Lipmann.

19 — Joli Meuble-Étagère en bois des Iles, sculpté, style chinois, avec corps pleins dispersés à chaque étage et offrant en bas-relief des dragons, des guerriers et ornements à jour, orné d'appliques en bronze ciselé, de mouches et papillons en nacre. Travail français.

20 — Bel Ameublement de salon, composé d'un Canapé et deux Fauteuils couverts en soierie

fond bleu et broché de fleurs bouton d'or, avec rampes à torsades en peluche chaudron

21 — Deux Paires de Rideaux et deux Portières analogues à l'ameublement du salon.

22 — Canapé en soie lamée d'argent, brochée à fleurs polychromes avec rampe à torsade en peluche bleue garnie de franges et de glands assortis.

23 — Petit Fauteuil en brocart, fond blanc, décor à fleurs avec rampe en peluche héliotrope, franges et glands assortis.

24 — Chaise-Fumeuse en satin capitonné, vieil or avec bande en tapisserie fond bleu aux dragons ailés.

25 — Fauteuil en brocart de soie, fond bleu, décor à fleurs avec rampe à torsade en peluche bleue garnie de franges et galons assortis.

26 — Tabouret en noyer sculpté, style oriental, couvert en velours de lin et bandes en broderie de perles.

27 — Tabouret de piano en noyer sculpté, style Louis XVI, et couvert en ancien lampas, fond crême, décor à fleurs.

28 — Belle Chaise ottomane en satin bleu marine orné de fleurs, cornes d'abondance et rinceaux en riches broderies de soie, serties à torsades de fils métalliques. Travail de style Louis XIII.

29 — Vitrine en bois des Iles sculpté à jour et gravé, garnie de glaces sur trois côtés, style chinois. Travail français.

30 — Table de salon en bois de noyer ciré rehaussé d'or et couverte en peluche rouge, style Louis XV.

31 — Table en laque du Japon, fond noir, décor à oiseaux et feuillages d'or, pieds bambou.

32 — Deux Supports bois noir, à têtes d'éléphants.

33 — Support en bois noir, style chinois.

34 — Très beau Paravent à trois feuilles, en dauphine de soie, fond crême avec applications de broderies anciennes et de galons, décor de branchages fleuris, encadré et gainé de peluche bleue. Style Louis XIV.

35 — Écran en noyer, finement sculpté, panneau en dauphine, analogue au paravent, style Louis XVI.

36 — Coussin en dauphine crême, avec application en anciennes broderies à fleurs.

37 — Coussin en satin de Chine, décor à cigognes en broderie.

38 — Chaise en bois des Iles très finement sculpté au dragon et à jour, style chinois, couverte en broderie ancienne de Perse.

39 — Beau Groupe en terre cuite de CARRIER-BELLEUSE : *Les Frisonnes.*

40 — Deux Lampes en faïence de Satzuma, monture bronze fumé et frotté dans le goût chinois.

41 — Coquille en faïence, supportée par un Amour en bronze

42 — Groupe en biscuit de Sèvres : Vénus et l'Amour guerrier, socle en peluche rouge.

43 — Statuette en bronze : Le Pêcheur à la ligne, de LAVERGNE (signé), patine frottée d'or.

44 — Brûle-Parfums, forme pagode, en bronze du Japon, ancien.

45 — Brûle-Parfums, forme chaumière, en bronze.

46 — Paire de grands Vases en porcelaine du

Japon, fond blanc, décor à médaillons de fleurs, animaux et objets divers en polychrome.

47 — Coupe en porcelaine du Japon décorée d'une allégorie chinoise en rouge et or, monture en bronze fumé et frotté.

48 — Beurrier en porcelaine de Saxe, décor à fleurs.

49 — Petit Cabinet ancien, à six tiroirs en incrustations de nacre et écaille.

50 — Mortier et Pilon, en bronze ancien.

51 — Poudrière en ancienne faïence de Rouen, décor bleu sur blanc, monture en bronze

52 — Groupe en bronze : Enfant et Chien.

53 — Vase en faïence de Delft, décor bleu sur blanc.

54 — Pagode à deux portes en laque d'or, renfermant des Divinités bouddhiques en bois sculpté. Travail ancien.

55 — Petite Psyché forme octogone, montée en bronze. Style gothique.

56 — Jardinière en verre de Venise craquelé.

57 — Plat en cuivre incrusté, à fleurs en nacre.

58 — Petit Coffret en bois sculpté. Travail chinois.

59 — Six Tasses et six Soucoupes en porcelaine de Saxe, décor à bouquets de fleurs.

60 — Sucrier en porcelaine de Saxe, décor à fleurs.

61 — Brûle-Parfums en bronze florentin, supporté par trois cariatides de femmes ailées. XVIe siècle.

62 — Brûle-Parfums, forme ruche, en bronze du Japon.

63 — Bol en ancienne porcelaine de Saxe, décor médaillons à sujets Watteau.

64 — Jardinière en faïence gros bleu, monture en bronze doré, à figures d'enfants tenant des guirlandes de fleurs se rattachant à des mascarons.

65 — Jardinière en verre de Bohême agatisé.

66 — Petit Lapin en bronze.

67 — Paire d'Appliques en bronze doré, à deux lumières. Style Louis XV.

68 — Grand Plateau tripode en métal argenté et gravé.

69 — Grande Carpette de Smyrne, à médaillons fond rouge, bleu et vert.

70 — Groupe en terre cuite : A quoi tient l'amour, d'Amélie Casini, daté 1880.

71 — Presse-Papier en bronze : l'Amour peintre, sur socle en marbre rouge.

72 — Deux Tasses et Soucoupes en porcelaine de Saxe, décor à médaillons et personnages.

73 — Groupe en porcelaine d'Allemagne : l'Enlèvement d'Europe.

74 — Deux Tasses et Soucoupes en porcelaine de Saxe, fond blanc à fleurs.

75 — Plateau en porcelaine de Saxe, à quatre compartiments bleu et blanc, représentant des Scènes champêtres.

76 — Veilleuse en ancienne faïence de Nevers, décorée d'Amours et de dessins géométriques en camaïeu violet.

77 — Joli petit Cadre en argent ancien, orné de topazes et roses, Louis XV.

78 — Bougeoir en argent, style ancien, représentant un Satyre assis sur une tortue et supportant une coquille formant le binet.

79 — Bonbonnière ovale en émail bleu et blanc, monture argent.

80 — Paire de Flambeaux en argent, style ancien, représentant des figurines d'Amours.

81 — Deux Salières en argent doré, forme coquille.

82 — Quatre petites Coupes formant salières, en argent doré et ciselé, supportées par des statuettes de Faunes et Satyres. Style XVIe siècle.

83 — Ornement de costume en argent doré et en filigrane d'argent, orné de pierreries. Travail ancien.

84 — Trois Breloques anciennes en argent, représentant saint Georges, un Cavalier et une Armoirie.

85 — Plaque ronde en ivoire, représentant en bas-relief deux figures de femmes. Travail ancien.

86 — Trois Figurines sur socle en ivoire, représentant un chinois et son chien, un personnage portant des flèches, un promeneur.

87 — Netzuké rond en ivoire, représentant un dragon enroulé.

88 — Netzuké en ivoire : Personnage et son enfant.

89 — Bonbonnière ronde en porcelaine de Saxe, fond rouge, décor à armoirie.

90 — Figurine en ancienne porcelaine de Saxe : l'Hiver.

91 — Groupe en Saxe : la Toilette de l'Amour.

92 — Aiguière en porcelaine de Sèvres, fond bleu turquoise, avec médaillon représentant un enfant assis dans un paysage.

93 — Groupe en ancienne faïence de Marseille, représentant quatre personnages sur un rocher.

94 — Petite Coupe de Chine, décor à paysage.

95 — Deux Figurines en porcelaine de Saxe : Singes musiciens.

96 — Quatre Figurines en porcelaine d'Allemagne: Animaux musiciens.

97 — Quatre Figurines d'Allemagne : Enfants.

98 — Deux Figurines de Saxe : Jardinier et Bouquetière.

99 — Timbale et Cuiller en vermeil, portant le chiffre de la Famille impériale.

100 — Légumier en ancienne porcelaine de Saxe,

décor à fleurs, surmonté d'une figurine représentant l'Abondance.

101 — Bonbonnière en cristal.

102 — Porte-Cartes en ivoire sculpté de Chine.

103 — Manche d'ombrelle en ivoire sculpté, représentant le Couronnement de Béranger.

104 — Lot de Médailles et Monnaies anciennes en argent.

105 — Petit Brûle-Parfums en bronze du Japon, sur trois pieds.

106 — Presse-Papier : Enfant courant, en bronze.

107 — Vide-Poche, groupe en bronze : deux Amours jouant avec un chat, sur socle en marbre. Signé : Auguste Moreau.

108 — Jardinière en faïence barbotine, avec fleurs et oiseaux, monture en bronze.

109 — Lama en argent brut. Travail péruvien.

110 — Lama en argent. Travail péruvien.

111 — Groupe en argent fin : Berger, Chien et deux Lamas.

112 — Tasse trembleuse avec Soucoupe et Couvercle en porcelaine de Tournai, fond bleu turquoise décoré de fleurs et d'un médaillon : Marie-Antoinette.

113 — Douze Cuillers en argent représentant les Apôtres.

114 — Quatre Salières en argent, Louis XVI, décor d'Amours et guirlandes de fleurs.

115 — Théière en pierre de lard.

116 — Miniature et deux petites Gravures encadrées.

117 — Chinois en bronze et Agneau en bronze doré.

118 — Croix en jade vert, monture argent.

119 — Petite Jonque avec figurine en bronze de Chine.

120 — Écran, forme éventail, en soierie ancienne, fond blanc à fleurs.

121 — Médaillon en stéarine : Napoléon Ier, dans un cadre peluche.

122 — Plat en grès du Japon, décor à personnages

123 — Panneau, décor en laque d'or et incrustations d'ivoire et de nacre : Allégorie du Départ du Chasseur. Joli travail japonais.

124 — Plateau en laque du Japon.

125 — Jardinière en Saxe, décor à fleurs.

DETAILLE (Charles)

126 — L'Amazone.

Dessin à la plume signé à gauche.

GÉRARDET (Léon)

127 — A la Pêche.

Belle aquarelle signée à droite.

ISABEY

128 — Portrait de Dame de l'Empire.

Très beau dessin au crayon.

LHERMITTE (L.)

129 — A la Foire.

Beau dessin signé à droite.
Cadre en bois sculpté et doré.

DE RIVIÈRE (E.)

130 — L'Orage.

Aquarelle signée et datée 1884.

VARLET (J.)

131 — Marie-Antoinette sortant du tribunal.

Effet de lumière.
Intéressante aquarelle signée à droite.

VERMONT

132 — Aux Courses.

Signé à droite.

PETIT SALON

133 — Bel Ameublement de salon, style Louis XVI, en bois noir sculpté et tapisserie d'Aubusson à fleurs, draperies et rinceaux, composé d'un Canapé, quatre Fauteuils et quatre Chaises.

134 — Huit Panneaux de tenture et Rideaux en même tapisserie et peluche rouge.

135 — Statuette de Joueur de Cornemuse en marbre tendre de Florence.

136 — Paire de Vases en marqueterie de bois, décor à oiseaux et fleurs.

137 — Paire de Flambeaux en bronze argenté, Louis XV.

138 — Table-Bureau à deux tiroirs, en bois des

les sculpté, style chinois, ornée d'une chimère sur le dessus et d'un petit cabinet à étagères adhérent.

139 — Vase en verre bleu émaillé.

140 — Devant de feu et Chenets en cuivre poli. Style Louis XIII.

141 — Seau en porcelaine de Saxe, décor à fleurs.

142 — Coupe en émail cloisonné sur porcelaine, monture en bronze.

143 — Lanterne en faïence de Delft, décor à personnage en bleu sur blanc.

144 — Sonnette en bronze : Figurine de Femme.

145 — Carpette d'Orient ancienne, fond vieil or à rayures en polychrome.

CABINET DE TRAVAIL

146 — Lustre flamand en cuivre à six lumières. Style Louis XIII.

147 — Deux Vases, forme bouteille, en cuivre ancien d'Orient et gravé.

148 — Très belle Gravure anglaise en couleur : Chasse à courre, d'après JOHN STURGESS.

149 — **École moderne.** Vue d'Orient (Aquarelle).

150 — **De Rivière.** Cinq Aquarelles.

SALLE A MANGER

151 — Très bel Ameublement de salle à manger en noyer ciré et sculpté, style Renaissance, composé d'un Buffet-Crédence, d'une Servante, d'un Bahut, d'une Table à trois rallonges (Pourra être divisé).

152 — Petite Vitrine d'applique en noyer sculpté, garnie de glaces biseautées, style Renaissance.

153 — Petite Table en noyer, dessus avec plateau à deux anses, pieds forme X.

154 — Deux Lustres d'appliques, style flamand, en cuivre, à quatre lumières.

155 — Groupe équestre : l'Amazone blessée, de GECTHER, sur socle en bois de noyer.

156 — Paire de Lampes, forme vase, en bronze japonais, décor d'animaux et de branchages.

157 — Garniture de cheminée en bronze, composée d'une Pendule, forme éléphant, et de deux aiguières avec bas-relief, d'après CLODION.

158 — Pare-Étincelles en bronze.

159 — Porte-Pelle et Pincettes en cuivre poli.

160 — Bouilloire en cuivre poli.

161 — Cafetière en cuivre avec sa lampe, à esprit de vin et son support.

162 — Gong en bronze poli, monté sous portail en bois.

163 — Milieu de Table formé d'un vase en cristal et d'une coupe en cuivre poli.

164 — Cruche en faïence de Gien.

165 — Soupière en faïence de Nevers.

166 — Service à liqueurs de douze verres dans un panier en métal argenté.

167 — Service à liqueurs en verre bleu, aiguière, forme hibou. Monture argentée.

168 — Quatre Assiettes en porcelaine de Sèvres, décor à Amours et Fleurs, au chiffre de Louis-Philippe. Bord gros bleu rehaussé d'or.

169 — Six Assiettes en ancienne porcelaine de l'Inde, décor à sujets mythologiques et autres en grisaille. Bord à médaillons.

170 — Belle Assiette en porcelaine de Sèvres, au chiffre de Louis-Philippe, entre deux amours. Bordure fond bleu turquoise et or.

171 — Grand Plat oblong en porcelaine de Saxe, décor à bouquets de fleurs.

172 — Assiette en terre de pipe hollandaise, représentant le Calvaire.

173 — Trois Assiettes en faïence de Nevers et Strasbourg, décor à fleurs.

174 — Plat rond en ancienne porcelaine de Chine, décor bleu sur blanc.

175 — Plat rond en ancienne faïence de Delft, décor polychrome.

176 — Trois Assiettes, décor à fleurs et armoiries, genre Japon.

177 — Deux Assiettes en faïence, décor à armoiries et lambrequins polychromes.

178 — Trois Plats ronds en ancienne faïence de Delft, décor à canards, monuments, bouquets de fleurs et paysages en polychrome.

179 — Plat en ancienne faïence de Delft, décor à fleurs en polychrome.

180 — Pichet en ancienne faïence d'Allemagne, décor arbuste et cheval. Monture étain.

181 — Très beau Plat en émail cloisonné de Chine, décor à fleurs sur fond bleu turquoise, dessous fond rouge à fleurs.

182 — Beau Plat en ancienne faïence de Delft, décor polychrome.

183 — Deux Aiguières en grès de Flandre.

184 — Cruchon en grès de Flandre.

185 — Plaque ronde en porcelaine, décor buste de femme en costume Moyen-Age, signé : L. Berg, cadre en bois noir et or.

ORFÈVRERIE

186 — Grande et belle Jardinière ovale en argent repoussé, à godrons perlés, anses formées par des têtes de lions. Travail hollandais. Style Louis XIV.

187 — Très beau Légumier avec son plateau et son couvercle en argent repoussé et ciselé,

anses plates formées par des mascarons têtes de femmes, dessus décor à arabesques feuillagées, fleurs et ornements. Style Louis XIV.

188 — Cafetière et Théière en vermeil ciselé et gravé, sur quatre pieds formés par des têtes d'éléphants ; le bouton du couvercle représente un chinois buveur.

189 — Cuvette et Pot à eau en argent, avec armoirie.

190 — Seau à glace, à anse en argent repoussé, décor à branchages et rinceaux. Travail oriental Louis XIV.

191 — Sonnette en argent guilloché, surmontée d'une figurine d'indien.

192 — Service à glace composé d'une Pelle et de douze Cuillers en argent et vermeil.

193 — Deux Plats ronds et un oblong, argentés, avec bords et ornements en argent.

194 — Deux Ménagères en faïence moderne, décor bleu sur blanc, monture argentée et gravée.

195 — Cinq Dessous de carafe, argentés et guillochés.

196 — Sucrier avec couvercle argenté, surmonté d'un perroquet. Ier Empire.

PREMIÈRE CHAMBRE A COUCHER

197 — Beau Lit de milieu en bois sculpté à colonnes torses, avec baldaquin. Style Louis XIII.

198 — Armoire en chêne sculpté, représentant des arabesques et des ornements. Louis XIII.

199 — Deux Chaises volantes couvertes en soierie brochée à fleurs. Style Louis XVI.

200 — Psyché en bois noir, à glace biseautée.

201 — **Crosnier** (Signé). Jeunes Filles dans une rue en escalier. Souvenirs du Midi.

202 — **Legout-Gérard**. Tête de griffon écossais.

203 — Deux Appliques à deux lumières, en cuivre poli, style Louis XIII, fond de glace biseautée.

204 — Belle Pendule, dite Religieuse, en marqueterie d'étain et de cuivre, sur fond d'écaille de l'Inde, garnie de bronze. Signée BALTHAZAR MARTINOT, PARIS. Époque Louis XIII.

205 — Deux Flambeaux Louis XIII, en cuivre ciselé et poli.

206 — Coupe en cristal fumé et émaillé, montée en bronze.

207 — Miroir sur chevalet, à glace biseautée, monture en bronze. Style gothique.

208 — Petite Coupe en bronze doré, de *Barbedienne.*

209 — Très joli petit Meuble-Cabinet en bois de noyer, à colonnettes cannelées surmontées de chapiteaux; le dessus s'ouvrant à secret, la façade à deux portes en buis, offrant, en bas-relief, des figures allégoriques. Travail des plus délicat inspiré de Jean Goujon.

210 — Panneau en bois sculpté offrant en haut-relief Henri III.

211 — Tableau-Reliquaire en broderie de soie, avec médaillon, Tête de la sainte Vierge en peinture, au centre. Époque Louis XIII.

212 — Jolie Table-Bureau en noyer sculpté, pieds à godrons et feuillages. Style Renaissance.

213 — Couvrepieds ou Dessus de piano en satin de Chine orange, richement brodé, à sujets de chasse et branchages fleuris.

214 — Beau Dessus de piano en satin violet de

Chine richement brodé, à personnages et paysages.

215 — Châle en crêpe de Chine blanc brodé.

DEUXIÈME CHAMBRE A COUCHER

216 — Très bel Ameublement en noyer ciré, sculpté, style Renaissance, composé : 1° d'un grand Lit de milieu, devant à arcades à jour, le fond surmonté d'une balustrade, montants à volutes renversées; 2° une Armoire à glace biseautée; 3° une Table de nuit en forme de crédence.

217 — Petite Table à piètement délicat, avec croisillon, dessus à balustrade, en noyer ciré. Style Renaissance.

218 — Petite Bibliothèque d'applique en noyer ciré. Style Renaissance.

219 — Jolie petite Étagère d'applique en bois sculpté, avec panneaux rapportés à figures mythologiques, garnie de balustrades en cuivre poli. Style Renaissance.

220 — Beau Couvre-Lit en satin jaune de Chine, richement brodé à rosace, figures animaux et entrelacs en soie.

221 — Chaise longue, deux Fauteuils et une Chaise volante en bourre de laine et soie brochée, fond vieil or, dessin bleu sur fond et rampe de peluche vieux rose avec franges assorties.

222 — Décors de croisée et de porte en mêmes étoffes.

223 — Deux Figurines : les Duellistes, de Grévin.

224 — Coffret en cuivre gravé et repercé de Perse ancien.

225 — Aiguière en verre fumé et émaillé, monture, style Renaissance, en cuivre poli.

226 — Coupe avec couvercle en terre cuite d'Amélie Casini (signée).

227 — Buste en terre cuite : le Rieur, de Rude.

228 — Vase à anses en faïence, décoré à fleurs.

229 — Tableau : Vierge et Enfant, en argent et argent doré gravé. Travail russe. Cadre bois noir avec glace.

230 — Veilleuse-Suspension en verre bleu turquoise, monture en métal argenté.

231 — Meuble crédence Renaissance à deux portes, noyer sculpté, décor à arabesques.

232 — Jolie Chaise en noyer sculpté, style Renaissance, couverte en peluche rouge avec applications de broderies de soie à la main.

233 — Encrier en bronze, couvercle formé de deux figurines : Héloïse et Abélard.

234 — Petite Statuette équestre en bronze, représentant Napoléon Ier en costume d'empereur romain.

235 — Bénitier en argent repoussé, dessin à coquille et rocaille. Époque Louis XIV.

236 — Porte-Allumettes en bronze : Petit Vendangeur.

237 — Sonnette en bronze. Style xve siècle.

238 — Bougeoirs en cuivre poli. Style Louis XIII.

239 — Vase en porcelaine de Chine, décor polychrome.

CABINET DE TOILETTE

240 — Belle Toilette en érable et bambou, intérieur à compartiments, dessus en marbre blanc avec cuvette creusée et réservoir pour l'eau.

241 — Glace ovale biseautée avec cadre en cuivre repercé et poli, à deux bras de lumières. Style Renaissance.

ATELIER, MEUBLES ET OBJETS DIVERS

242 — Deux Fauteuils couverts en tapis d'Orient.

243 — Suspension en bronze nickelé à une lampe et six bougies.

244 — Plat du Japon bleu sur blanc.

245 — Jolie Miroir biseauté, cadre écaille et cuivre. Époque Louis XIII.

246 — Grand Plat porcelaine, décor bleu sur blanc.

247 — Plat du Japon, décor polychrome à poissons,

248 — Sept Gravures encadrées d'après PROTAIS, DE LANSAC, HORACE VERNET, etc.

249 — Panoplie composée de Fusil, Poignards, Pistolets et autres armes orientales.

250 — Bureau de dame en marqueterie. Style de Boule.

251 — Ameublement de salle à manger en noyer ciré, à filet noir, composé d'un Buffet formant vitrine dans le haut et portes pleines dans le bas, d'une Table à trois rallonges et de six Chaises couvertes en maroquin.

252 — Réchaud ancien en cuivre argenté armorié.

253 — Deux Flambeaux en cuivre, style Louis XIII flamand.

254 — Garniture de cheminée en porcelaine gros bleu, monture en bronze doré, composé d'une Pendule ornée de deux amours portant des guirlandes de fleurs et surmontée de deux colombes, deux Candélabres à six lumières.

ÉTOFFES, TENTURES

255 — Chape en brocart de l'époque Louis XIV, fond blanc à fleurs.

256 — Suite de Draperies pour décors de fenêtres en soieries anciennes, brochées et rayées.

257 — Quantité d'Écharpes, de Broderies et Étoffes diverses orientales.

258 — Cachemire long de l'Inde, fond rouge.

259-266 — Nombreux Rideaux, Portières, Tapis de table. (Sera divisé.)

DENTELLES, GUIPURES

267 — Décoration de Lit, composée du Fond de lit, de deux grands Rideaux plus deux Rideaux de fenêtre en batiste et guipure ancienne. Long. $3^{m}25$.

268 — Trois Cols en application ancienne.

269 — Coupe de $6^{m}60$ en guipure de Bruges.

270 — Coupe en ancienne application d'Angleterre. Long. $2^{m}32$; haut. $0^{m}16$.

271 — Éventail et Coupe de 1^m75, en dentelle de Chantilly.

272 — Coussin de satin vieux rose, brodé, couvert en dentelle de Bruxelles.

273 — Lot de douze Cols en point à l'aiguille, application, point de Paris, broderie et Malines.

274 — Coupe de 1^m90 en ancienne Valenciennes.

275 — Coupe de 2^m75 en ancienne Valenciennes.

276 — Coupe de 2^m80 en ancienne Valenciennes.

277 — Coupe de 3^m80 en ancienne Valenciennes.

278 — Coupe de 2^m10 en ancienne Valenciennes.

279 — Coupe de 2^m25 en ancienne Valenciennes.

280 — Coupe de 2^m75 en filet ancien très fin.

281 — Carré en guipure de Venise.

282 — Coupe de 3^m60 en filet ancien.

283 — Deux Dessus de manches en guipure de Venise, en relief.

284 — Bandeau de canapé en guipure de Venise, mesurant 1^m80.

285 — Mouchoir en guipure ancienne d'Irlande.

286 — Dessus de tabouret en guipure d'Irlande.

287 — Très beau Mouchoir brodé, garni de Valenciennes.

288 — Dessus de table en filet ancien, grande guipure ancienne, représentant un sacrifice.

289 — Dessus de coussin en vieille guipure.

290 — Petite Coupe de 1m10 en point de Venise, en relief.

291 — Col en point d'Alençon, ancien.

292 — Col en point de Venise.

293 — Col en ancienne dentelle de Valenciennes.

294 — Col en ancienne dentelle de Milan.

295 — Deux Coupes de 1m20 en point d'Alençon ancien.

296 — Coupe de 2m37 en ancienne dentelle de Valenciennes, très fine.

297 — Mouchoir brodé au plumetis à jour.

298 — Carré en filet ancien garni en point de Venise.

299 — Têtière en filet garnie de guipure ancienne.

300 — Col en application au point d'Angleterre.

301 — Grand Dessus de lit en ancien filet décoré de carrés de dentelle de Venise.

302 — Garniture de robe en dentelle russe ancienne, composée : d'un très beau Volant, long. 5m10, haut. 0m41; une Coupe, long. 2m22, haut. 0m17, et une petite Coupe.

303 — Coupe en ancien point de Venise. Long. 3m58; haut. 0m38.

304 — Têtière de canapé en ancien point de Venise.

305 — Petite Nappe entourée de filet ancien et garnie de vieux Venise.

306 — Dessus de table en filet ancien garni d'entredeux de Venise et guipure ancienne.

307 — Bandeau en ancien filet garni de carrés en broderie.

308 — Petite Nappe tout en filet ancien

309 — Nappe à thé en guipure ancienne de Venise à reliefs.

310 — Grande Nappe à thé en carrés de filet ancien, à personnages et animaux.

311 — Quatre Serviettes de luxe en batiste, garnies d'ancienne guipure et broderie.

312 — Coupe en ancienne guipure de Venise. Long. 3m70; haut. 0m19.

313 — Coupe en guipure d'Irlande à reliefs. Long. 7m20; haut. 0m16.

314 — Jolie Robe en mousseline ornée de broderies anciennes à fleurs. Travail à la main très fin.

315 — Beau Devant de robe de baptême en broderie ancienne à la main à jour.

316 — Devant de robe de baptême en mousseline à entre-deux brodés.

317 — Écharpe en mousseline avec broderies anciennes à la main.

318 — Jolie petite Nappe en filet ancien, représentant dans des médaillons des animaux, des volatiles et des fleurs, garnie de dentelles.

319 — Têtière en ancien point de Venise.

320 — Têtière en ancien point de Venise, garni de dentelles.

321 — Têtière en broderie ancienne, garnie de guipures.

322 — Petit Carré en guipure ancienne.

323 — Jolie Nappe avec carrés de Venise et filet très fin. Travail ancien.

324 — Deux petites Pèlerines de mousseline, brodées à la main.

325 — Pèlerine en ancien point de Venise.

326 — Bandeau de lit en ancien filet et vieux point de Venise, décor animaux.

327 — Dessus de table en ancien filet, à personnages et animaux.

328 — Six petites Nappes en ancien filet, garnies de dentelles diverses anciennes.

329 — Têtière en ancien point de Venise, décor à dragons ailés.

330 — Têtière tout en broderie de soie ancienne.

331 — Beau Volant en ancienne guipure de Milan. Long., $3^{m}42$; haut., $0^{m}16$.

332 — Très jolie Têtière en ancien filet et point de Venise.

333 — Dessus de tablette en guipure ancienne.

334 — Deux Dessus de tablette en guipure ancienne et entre-deux en vieux Venise, garnis de vieux Milan.

335 — Petit Carré de guipure garni de dentelle de Milan.

336 — Mouchoir en batiste brodée et à fils tirés, travail ancien.

337 — Beau Mouchoir garni en ancienne dentelle de Valenciennes et brodé.

338 — Mouchoir brodé garni de Valenciennes.

339 — Mouchoir en broderie à jour, à fleurs, garni de Valenciennes.

340 — Mouchoir en broderie à fleurs, à jour garni de Valenciennes.

341 — Mouchoir à fils tirés.

342-347 — Six Mouchoirs avec application et broderies, garnis de Valenciennes. (Sera divisé).

348 — Deux Dessus de pelottes en broderie et garniture Valenciennes.

349 — Trois Mouchoirs brodés.

350 — Fichu en ancienne application.

351 — Dessus d'ombrelle en ancien point d'Irlande.

352 — Dessus d'ombrelle en Chantilly.

353 — Carpette en ancienne dentelle d'Argentan. Long., 3m30; haut., 0m12.

354 — Barbe de 1m50 en ancienne Valenciennes.

355 — Coupe de 1m ancien point à l'aiguille.

356 — Beau Voile en ancien point d'Angleterre, représentant des cygnes, des fleurs et des arabesques.

357 — Fichu Marie-Antoinette en application d'Angleterre.

358 — Col en vieux Milan. Travail très fin.

359 — Coupe de 2m40 en ancienne Valenciennes à bords droits.

360 — Coupe de 3m10 en belle guipure de Bruges.

361 — Trois Cols brodés.

362 — Trois Cols en application d'Angleterre.

363 — Barbe en ancien point d'Alençon.

364 — Fichu Marie-Antoinette en application d'Angleterre.

365 — Coupe de 1m80 en ancien point d'Alençon.

366 — Coupe de 1m25 en ancien point d'Alençon.

367 — Coupe de 2^{m}70 entre-deux de Venise.

368-372 — Lot de Dentelles de Malines (Sera divisé).

373 — Paire de Manches en ancienne guipure.

374 — Garniture de robe en point à l'aiguille ancien. Long., 5^{m}; haut., 0^{m}11.

375 — Grande Nappe en filet et médaillon en vieux point de Venise.

376 — Paire de Manches en vieux point de Venise.

377 — Jolie Pélerine brodée garnie d'ancienne dentelle de Malines.

378 — Col en ancienne dentelle de Milan.

379 — Parure, Col et Manchettes en point à l'aiguille.

380 — Parure, Col et Manchettes en guipure de Bruges.

381 — Parure, Col et Manchettes en ancien point d'Irlande.

382 — Deux Voilettes en application ancienne.

383 — Coupe de 2^{m}50 en ancienne Valenciennes.

384 — Quatre petites Coupes en ancienne Valenciennes et Malines.

385 — Deux Bandes pour garnitures de robes anciennes en fil tiré avec applications.

386 — Coupe de 3m25 en broderie sur tulle.

387 — Coupe de 1m85 en vieux Valenciennes.

388 — Cinq Coupes en vieux Valenciennes et point de Paris.

389 — Coupe d'environ 2m point à l'aiguille.

390 — Trois Coupes, ensemble 1m75, en vieux Valenciennes.

391-396 — Douze Mouchoirs brodés, garnis d'ancienne Valenciennes. (Sera divisé).

397 — Coupe de 1m75 en application ancienne.

398 — Deux Barbes en ancienne Valenciennes.

399 — Dessus de lit en guipure.

400 — Paire de grands Rideaux en guipure.

401 — Quatre Coupes en ancien point d'Alençon.

402 — Mouchoir en ancien point d'Irlande. (Travail très fin.)

403 — Coupons de dentelles et guipures diverses.

404 — Objets divers non catalogués.

www.ingramcontent.com/pod-product-compliance
Ingram Content Group UK Ltd.
Pitfield, Milton Keynes, MK11 3LW, UK
UKHW021954260726
13994UKWH00004B/1740

9 782329 391588